" La vita si fa carico delle tue cadute.

Sei solo tu che puoi trovare la forza per affrontarle. "

Giusi Marinaccio

Giorno 1

03 Gennaio 2022

Dopo aver passato un bellissimo Natale in montagna con mio marito e mia figlia, ho salutato il 2021 nella mia forma fisica peggiore. Era il 29 Dicembre quando una strana febbre durata sei ore s'impossessa del mio corpo. Troppi dolori alle ossa e il naso gocciolante mi accompagnano fino al Capodanno. Avrei tanto voluto fare un tampone per essere sicura di non avere il Covid-19, ma nel periodo natalizio le farmacie erano state prese d'assalto da tutte le persone terrorizzate di aver preso il Covid-19, mentre i supermercati hanno finito tutte le scorte dei tamponi fai da te. Oggi è il 3 Gennaio e devo rientrare a lavoro dalle mie ferie natalizie. Mi sento bene a parte la tosse e il naso chiuso e sono quasi sicura di aver preso solo un po' d'influenza stagionale, per cui stamattina mi sono recata a lavoro senza nessuna difficoltà fisica. Alle 14:00 però una chiamata di mio fratello Marco mi fa salire il panico. Mia cognata Silvia è risultata positiva al Covid-19, per cui con insistenza provo a chiamare tutte le farmacie e finalmente riesco a trovarne una che ha spazio per fare il tampone rapido a me, mia figlia e mio marito. Dopo un'ora e mezza di fila riusciamo a farci il tampone tutti e tre e siccome per l'esito ci sono voluti quindici minuti circa, decido di aspettare in macchina con mia figlia mentre mio marito aspetta in piedi fuori dalla farmacia. Sono i quindici minuti più lunghi della mia vita e quando vedo arrivare mio marito con i risultati mi casca il mondo addosso. Lui e mia figlia risultano negativi mentre io sono positiva. Ho paura e il cuore mi batte forte. Perdo tutte le parole e i pensieri della mia testa. Sono due anni che cerco di stare attenta evitando di prendere il virus e l'unica cosa che riesco a chiedermi è: '' come ho fatto a prenderlo? ''. Tornati a casa preparo mia figlia di cinque anni al mio isolamento in camera da letto. Provo a spiegarle che andrà tutto bene anche se non potremmo abbracciarci e baciarci per un po'. Le dico che io sono solo al di là della porta e ci sono anche se non potremmo giocare insieme o mangiare a tavola tutti e tre. Le faccio tante rassicurazioni, mentre guardo il suo pianto disperato annuendo con la testolina. La tranquillizzo, le dico di fare la brava e che con un po' di pazienza andrà via tutto. Ma a tutte queste parole che dico forse non ci credo neanche io. Sono avvilita. Mio marito mi accompagna in camera e raccoglie qualche vestito da portare fuori dalla stanza. Ci guardiamo, sappiamo entrambi che sarà dura. Lui prova a tranquillizzarmi ma ho i muscoli intorpiditi e il nodo alla gola. Mi butto sul letto sconfitta e comincio a piangere senza sosta e senza fiato mentre mia figlia mi regala disegni da sotto la porta. Mio marito è un bravo papà e qualche attimo dopo lo sento ridere con mia figlia in salotto. Le ha saputo sicuramente tirare su il morale, si saranno dati forza a vicenda e credendo che tutto sarebbe passato in fretta sono

*andati avanti. La lettera d'immediato
isolamento intanto è arrivata nella casella di
posta della mia e-mail. Dieci giorni buttata in
una camera da sola. Mio marito ha preparato la
cena e io mangio sul letto metà piatto di pasta
al pesto. Decido poi di andare in bagno e indosso
una mascherina facendo restare mia figlia
lontana dalla porta della camera. Prendo degli
asciugamani da parte per me e con l'alcol
disinfetto tutto quello che ho toccato. Mi
sentirei colpevole se dovessi contagiare anche
loro. Con estrema velocità mi richiudo in
camera, provando a guardare un po' di
televisione. La tristezza non va via e sento che
mi manca l'aria. Spengo tutto tranne la rosa
luminosa ispirata alla " Belle e la bestia " che
ho sul comodino. Non riuscirei a stare al buio
stanotte. Mio marito ha lasciato entrare il mio
più fedele amico a quattro zampe Lukas. Lui lo
sa che stò male e si accuccia al mio fianco con il
suo grande muso sulla mia gamba. Come in tutti
i miei momenti peggiori mi ritrovo lui di fianco
che anche se non può parlarmi, mi conforta più*

di qualsiasi persona che io conosca al di fuori di casa mia.

Giorno 2

4 Gennaio 2022

La prima notte da positiva è passata tra pensieri e risvegli continui. Appena sveglia ho guardato il soffitto e tutti i mobili della mia camera da letto. Poi ho guardato fuori dalla finestra il cielo di un timido azzurro, ringraziandolo di essere viva e di sentirmi anche abbastanza bene. La tosse continua a non darmi tregua ma saprò resisterle. Mando un messaggio a Marco e Silvia per sapere delle loro condizioni. Lei non stà per niente bene e la cosa mi fa sentire inevitabilmente in colpa. I sintomi del Covid-19 in lei sono più gravi e la febbre continua a non scendere. Ha il raffreddore e un virus gastrointestinale, proprio come Marco, difatti nonostante lui abbia fatto un tampone dall'esito negativo non si sente molto in forma. Le mie colleghe di lavoro si preoccupano per me e mi chiamano più volte al giorno per tenermi compagnia. Oggi mi attanaglia il pensiero di non poter uscire e comprare la calza della befana a mia figlia, per cui chiedo al mio amico Simone se può farmi il favore di andare a comprarla lui, che per fortuna acconsente. Dalla stanza sento i movimenti in casa di mia figlia e mio marito che almeno all'apparenza sembrano sereni e che mi lasciano la colazione fuori dalla porta. Accendo la televisione e mi rendo conto di quanti programmi facciano al mattino sulla cucina passando per il covid e finendo con i fidanzati delle star. Lavorando sempre di mattina mi accorgo che in televisione c'è un mondo di cui non sono per niente a conoscenza. Vorrei provare a continuare a scrivere il mio secondo libro ma la mia mente non è serena per farlo, e né tanto meno riesco a leggere perché sono completamente deconcentrata. Verso l'ora di pranzo mi interesso alla soap " Incantesimo ", appassionandomi addirittura. Per sentirmi utile nel pomeriggio pulisco la mia camera con l'alcol e vado a lavarmi tentando di toccare meno cose possibili. Verso sera dopo aver cenato decido di guardare il film de " La Bella e la Bestia ", commuovendomi come sempre alla scena del ballo. Ho superato lo shock iniziale e cerco di abituarmi a questa strana e nuova routine.

Giorno 3

5 Gennaio 2022

Oggi c'è il sole. Vedo il cielo di un azzurro intenso mentre sbuco piano dal mio piumone dorato. Oggi sento che posso fare tutto, anche se continua il mio isolamento. Guardo fuori dalla finestra la signora del palazzo di fronte che sbatte le lenzuola con intensità dal suo balcone, mentre nel cortile sottostante si riuniscono le pettegole del quartiere. Mio marito mi porta la colazione fuori dalla porta, mentre la mia bambina mi augura il buongiorno. Il contatto fisico è quello che mi manca di più, abbracciare la mia famiglia è l'unica cosa che vorrei. Simone interrompe i miei tristi pensieri con una telefonata, dicendomi che per fortuna ha trovato la calza delle Winks che mia figlia aveva chiesto alla Befana. Tra un po' verrà a lasciarla sul pianerottolo. Mi sento leggermente sollevata e nonostante tutto, sento le mie colleghe, mia suocera e Simone vicini. Mi chiamano molte volte al giorno per tenermi compagnia e tra una chiacchiera al telefono e una telenovela si fa subito sera.

Giorno 4

6 Gennaio 2022

*Con la mascherina apro la porta della camera,
allontanandomi di qualche metro. Voglio tanto
vedere la faccia di Michela mentre guarda la
calza della befana. La sua gioia è un tonfo al
cuore e tutto mi sembra più facile. Mio marito
mette una sedia in mezzo al corridoio dove viene
a sedersi quando si sente giù. Ci guardiamo da
lontano sostenendoci a vicenda e facendo
battute per sdrammatizzare. Decido di pulire di
nuovo la stanza, aggiustare l'armadio e
cambiare le lenzuola del letto. Sono in forma
anche oggi e sento che ce la farò. In questi giorni
ho avuto modo di fare una pulizia mentale delle
persone che avevo intorno e mi sono rincuorata
da sola dicendomi che non tutti i mali vengono*

per nuocere. Ho riconfermato alcune amicizie e parentele mettendone altre in secondo piano. Sicuramente chi è rimasto con me in questo periodo strano della mia vita, ha tutto il diritto di meritarsi un posto in prima fila. Nel mio cerchio dorato non c'è molta gente e guardando al passato forse non ce n'è mai stata. Ho sempre selezionato le persone con cui stare, non perché mi sentissi superiore ma per un discorso legato alle cose in comune. Durante la mia vita ho conosciuto tanta gente, ognuno con una particolarità diversa dall'altra ma sono con alcune di loro ho costruito una perfetta sintonia. Una di queste è la mia collega Anna. I nostri 33 anni di differenza ci accomunano su tanti aspetti e io da lei mi sono sempre sentita compresa e perfino amata all'occorrenza. So che quando andrà in pensione mi lascerà un enorme vuoto a lavoro.

Giorno 5

7 Gennaio 2022

Ho fatto un sogno...

Ero io ma in un'altra vita, in un' altra epoca e in un 'altra città. Avevo undici anni vissuti tutti nella paura e nell'insicurezza. Non ricordo il nome della città ma quello che nella mia mente è rimasto impresso sono le case color verde militare e marrone, che circondavano un piccolo porticciolo con la ringhiera verde come quei palazzi. I soldati pallidi in volto facevano la guardia a quel piccolo pezzo di mondo creando terrore a tutte le persone che passavano di lì. Assistevo quotidianamente a massacri di gente che venivano bruciati vivi sul porticciolo e poi buttati in mare con un pugno di sale. I ragazzini del quartiere si erano alleati con i soldati per non fare la stessa fine. Io invece scendevo dalla barca piena di gente avviandomi verso casa ad occhi bassi e terrorizzati senza mai incrociare quelli dei soldati. Un giorno mentre salivo in casa nell'ascensore s'infilò un vicino di casa che mi disse che se non gli facevo toccare il mio seno mi avrebbe massacrata di botte. Io acconsentì, avevo troppa paura. L'uomo mi diede appuntamento alle quindici dello stesso pomeriggio. Quando rientrai in casa lo raccontai a mia madre che dette poca importanza alla cosa mentre mio padre era sempre in un angolo di spalle, per cui non sono mai riuscita a vedere la sua faccia. Ricordo che avevo un fratello e insieme passavamo le giornate a pulire a fondo questa casa condivisa con altre persone, perché mia madre ci costringeva a farlo. Non andavamo a scuola e la sera ci lavavamo con l'acqua fredda. Gli scarafaggi e le cimici camminavano sopra il soffitto. Poi sono cresciuta e da sola sono ritornata in quel porticciolo. Ho messo la mano sulla ringhiera verde scuro e ho guardato per terra il nero che si era formato con i fuochi accesi addosso a quelle persone sentendo ancora *la puzza di bruciato dei loro corpi. Mi ero salvata nonostante tutto.*

8 Gennaio 2022

" Io nella mia vita ho una lista. Una lista di persone. Non importa quale ruolo ricoprano, io so sempre cosa aspettarmi da loro. E non importa quante cose non dirò, perché io saprò sempre tutto nel mio silenzio. Non ci sarà nessun'altra cosa che mi spezzerà. Il cuore si spezza una sola volta, tutto il resto sono solo graffi. "

Giorno 7

9 Gennaio 2022

*" E così me ne andai.
Commisi l'errore di riempire il mio vuoto
altrove. Andai via dalla mia vita e da quel luogo
che mi aveva cresciuta. Scappai da quel posto
che avevo tanto amato quanto odiato. Convinsi
me stessa che quel luogo non mi bastava. Le mie
origini non mi riempivano il petto. I ricordi non
andavano oltre quel vuoto. Fu così che cercai
quello che non esiste da nessuna parte. Fuggii
lontano da tutti, in un posto che non mi
apparteneva. Non funzionarono i miei piani.
Allora capii tutto. Il vuoto e la solitudine che
avevo dentro non si sarebbero mai tolti vagando
da un luogo all'altro. Sarebbero andati via
soltanto se qualcuno abbracciandomi, mi avesse
chiesto di restare. "*

Ripenso al passato e alle scelte che ho fatto per la mia vita. Quanta gente ho incontrato sulla mia strada, ma in quanti sono rimasti a percorrere con me gli stessi passi? Mi bastano le dita di una sola mano per contarli tutti. Confermo nella mia testa la teoria che non è importante la quantità ma la qualità. E le persone più preziose sono al di là della porta della mia camera. La risata di mia figlia e la vicinanza di mio marito Vincenzo riempiono tutti gli spazi che erano rimasti vuoti da un po'.

Il purè di patate che ha cucinato mio marito deve essere davvero buono. Peccato che i sapori stasera abbiano abbandonato le mie pupille gustative.

Giorno 8

10 Gennaio 2022

Quando sei una donna forte non puoi mai lamentarti. Devi sempre mostrare il meglio di te. Non puoi dire a nessuno quanto ti senti fragile, perché non ti crederebbero. E quando ci provi, ti fanno pesare i problemi del mondo addosso... perché " ci sono cose peggiori " dicono. E allora non parli. Incassi e vai avanti. Conservi tutte le parole non dette nel palmo della mano. Ma intanto cambi e non importa quanto hai dato. Sei altrove senza che nessuno se ne accorga veramente. Parole come mine, briciole di cuore.

Giorno 9

11 Gennaio 2022

*" C'è una cosa che con i soldi non vi potete
comprare, l'intelligenza. "*

*Oggi il caffè ha inebriato il mio palato con il suo
gusto dolce. Ho ritrovato finalmente i sapori
mischiati alla speranza. Sento che domani
quest'incubo finirà e potrò riabbracciare la mia
famiglia. I pensieri negativi sulle persone che in
questo periodo mi hanno abbandonato, stanno
lasciando spazio alla serenità. La solitudine ti
permette di pensare a tante cose, analizzando
noi stessi nei minimi dettagli. Grossi esami di
coscienza e sensi di colpa mi hanno fatto*

compagnia in questo periodo. Ma nonostante sono del parere che la perfezione non esiste, per molti anni ho vissuto nell' inconsapevolezza di questo argomento. Sono convinta di aver vissuto per più della metà della mia vita con il pensiero di piacere agli altri, cambiando spesso il mio aspetto fisico o il colore di capelli e perdendo completamente per molto tempo aspetti caratteriali del mio essere. Per un lungo periodo non mi sono riconosciuta, anche se l'errore più grande è stato non dargli il giusto peso. D'altronde chi è così bravo da non commettere errori? Nessuno lo è veramente, anche se durante la mia quotidianità ho avuto il dispiacere di incontrare molti narcisisti e persone convinte di fare tutto bene screditando gli altri. Ecco dunque, la bontà d'animo e l'intelligenza di ammettere le proprie colpe, non badano lo stato sociale o quanto sia pieno il conto corrente, per cui bisognerebbe restare umili e imparare dalle persone che hanno avuto il privilegio dal cielo di essere nati con queste doti.

Giorno 10

12 Gennaio 2022

*" L'amore è uno stato di grazia e tu fosti fatto
per essere il mio. Talvolta la paura di perderti
costantemente mi fa scivolare nell'oblio. Ma poi
il tuo sorriso dolce mi riporta alla realtà e mi fa
sperare sempre, che tra di noi durerà per
l'eternità. "*

Giorno 11

13 Gennaio 2022

*" Si lavò bene i capelli, e più strofinava e più
toglieva lo sporco che le aveva appesantito la
vita. Poi passò il balsamo su ogni ciocca
massaggiando con cura ogni nodo rimasto
nascosto. Quando si asciugò i capelli ritrovò i
suoi riccioli color nocciola che l'avevano
accompagnata per tutta la sua esistenza.
Passavano gli anni e succedevano cose. Ma lei
era rimasta la stessa di sempre. "*

*Mi sono recata in farmacia con ansia a fare il
mio tampone di fine quarantena. Dopo quindici
minuti è stata reclamata la mia libertà di
tornare alla vita e agli affetti. Ho riabbracciato
mio marito e la mia bambina con tutta la forza e*

l'amore che ho. E la felicità ha preso il
sopravvento alle parole. Dovremmo tutti vivere
come se fosse l'ultimo giorno, perché è nel
momento peggiore che si apprezza davvero
quello che si ha.

Ringraziamenti

- *A me stessa, per non aver perso la speranza.*
- *A mia figlia, la mia forza.*
- *A mio marito, amore della mia vita.*
- *A tutte le persone che ci sono state vicino.*